Telma Guimarães

bichodário

ilustrações Marcelo Cipis

1ª edição

FTD

Copyright © Telma Guimarães, 2016
Todos os direitos reservados à
EDITORA FTD S.A.
Matriz: Rua Rui Barbosa, 156 – Bela Vista – São Paulo – SP
CEP 01326-010 – Tel. (0-xx-11) 3598-6000
Caixa Postal 65149 – CEP da Caixa Postal 01390-970
Internet: www.ftd.com.br
E-mail: projetos@ftd.com.br

DIRETORA EDITORIAL	Ceciliany Alves
GERENTE EDITORIAL	Isabel Lopes Coelho
EDITORA	Débora Lima
EDITOR ESPECIALISTA	Luís Camargo
PREPARADORA E REVISORA	Marta Lúcia Tasso
GLOSSÁRIO	Luciana Keler M. Corrêa
SUPERVISORA DE ARTE	Karina Mayumi Aoki
PROJETO GRÁFICO E DIAGRAMAÇÃO	Tereza Bettinardi
EDITORAÇÃO ELETRÔNICA	Paulo Minuzzo
SUPERVISORA DE ICONOGRAFIA	Elaine Bueno
PESQUISADORAS ICONOGRÁFICAS	Rosa André e Érika Nascimento
DIRETOR DE OPERAÇÕES E PRODUÇÃO GRÁFICA	Reginaldo Soares Damasceno

Telma Guimarães nasceu em Marília, São Paulo. É formada em Letras Vernáculas e Inglês, pela Unesp. Foi professora de Inglês da Rede Estadual de Ensino do Estado de São Paulo e assessora da Secretaria de Estado da Cultura de São Paulo. Publicou seu primeiro livro em 1987. Recebeu da Associação Paulista de Críticos de Arte (APCA), em 1989, o prêmio de Melhor Autora de Literatura Infantil, pelo livro *Mago Bitu Fadolento*. Tem mais de 170 títulos publicados, entre infantis, juvenis, em português, inglês e espanhol, didáticos de Inglês e dicionário bilíngue.

Dados Internacionais de Catalogação na Publicação (CIP)
(Câmara Brasileira do Livro, SP, Brasil)

Andrade, Telma Guimarães Castro
Bichodário / Telma Guimarães ; ilustrações Marcelo
Cipis. – 1. ed. – São Paulo: FTD, 2016.

ISBN 978-85-96-00755-9

1. Literatura infantojuvenil   I. Cipis, Marcelo.   II. Título.

16-07602   CDD-028.5

Índices para catálogo sistemático:
1. Literatura infantil   028.5
2. Literatura infantojuvenil   028.5

Este texto foi publicado anteriormente pela Editora Lafonte (2008).

A - 870.823/24

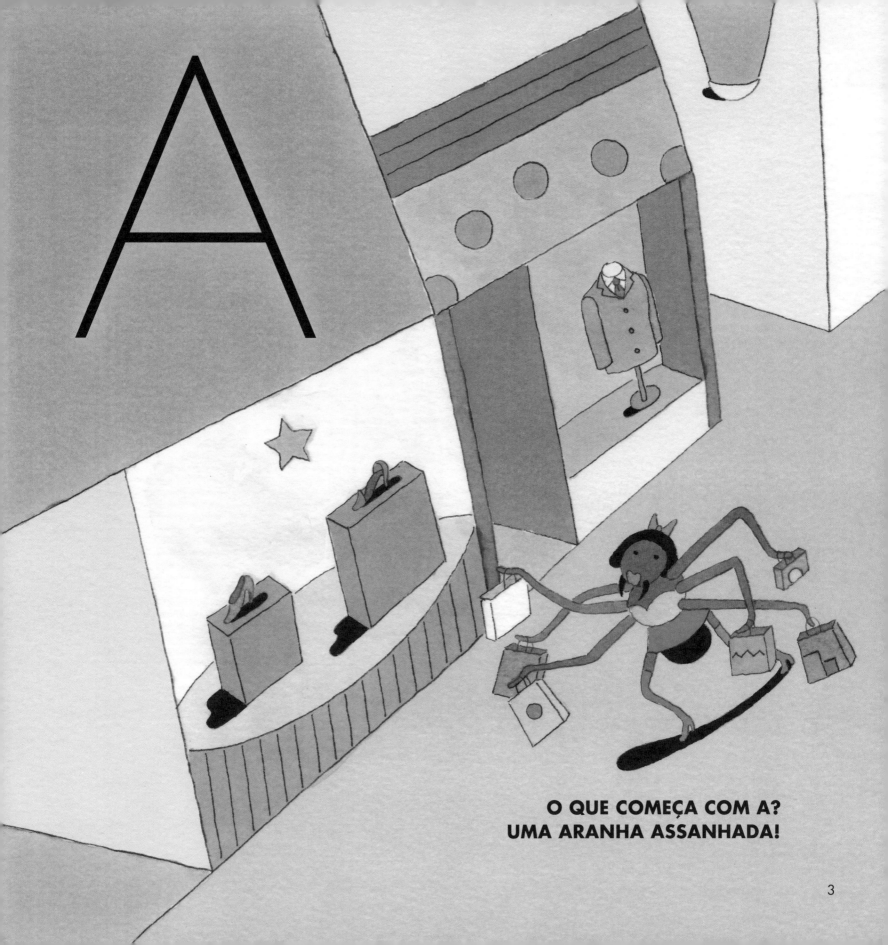

O QUE COMEÇA COM A?
UMA ARANHA ASSANHADA!

3

QUE NOME DE BICHO INICIA COM B?
UM BOI BRAVO,
UM BANDO DE BÚFALOS,
UMA BALEIA BONITA!

UMA CABRA COMILONA COMEÇA COM C?
É, E TAMBÉM UM CACHORRO CORAJOSO,
UM CAMELO COMILÃO, UM CANGURU COR-DE-ROSA
E UM CARNEIRO COM CASACO!

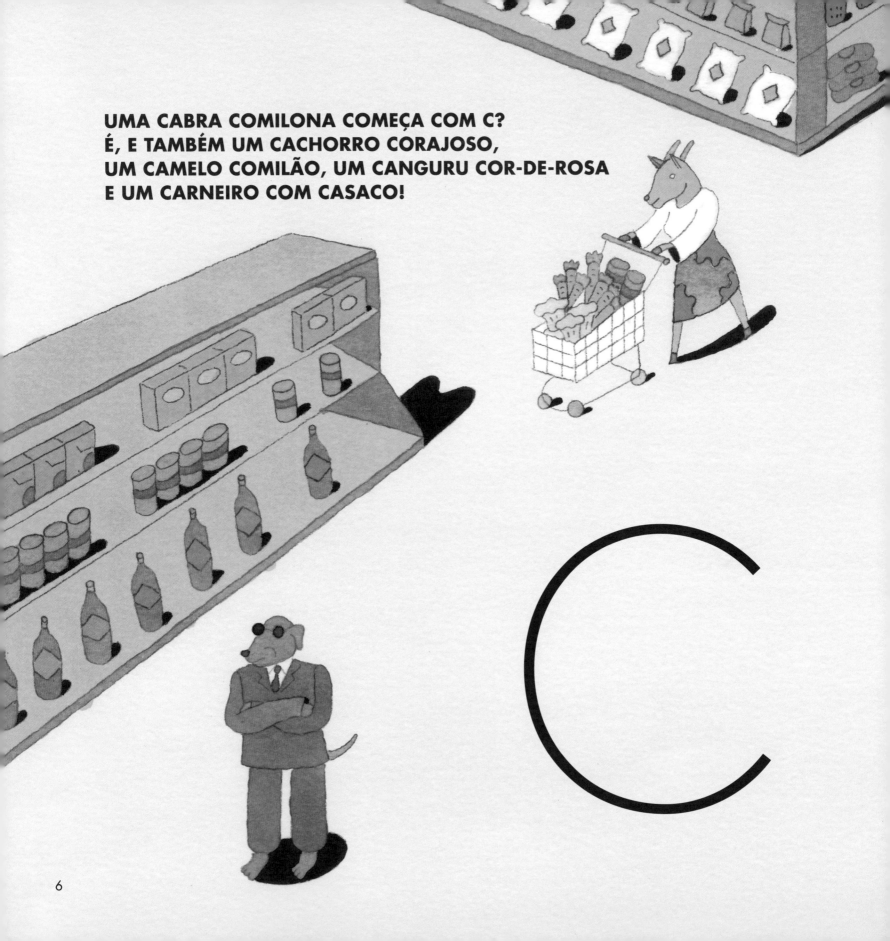

QUE BICHO EXISTE COM A LETRA D?
UM DÁLMATA COM DOR DE DENTE!

NA LETRA E,
VEM O ELEFANTE
ENROLANDO A ENORME TROMBA.

O QUE COMEÇA COM F?
A FOCA FURIOSA COM A FUINHA!

11

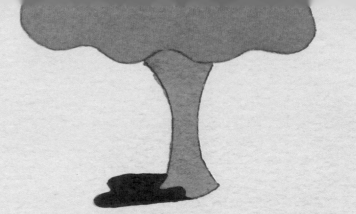

O QUE TEM COM A LETRA G?
GAMBÁ,
UM GRUPO DE GATOS
E A GIRAFA GALOPANDO.

12

E NA LETRA H, O QUE HÁ?
UMA HIENA BEM-HUMORADA – HÁ, HÁ, HÁ –
E O HIPOPÓTAMO HORÁCIO!

NA LETRA I
TEM A IRARA, SABIA?

O QUE TEM NA LETRA J?
JAGUATIRICA, JACARÉ E JUPARÁ.

K

TEM ALGUM BICHO COM A LETRA K?
CORRE *KIWI*, FUGINDO DO GATO, PRA CASA DA EMA.

O QUE TEM COM A LETRA L?
UM LEÃO, UM LEOPARDO, UMA LHAMA, UM LOBO
E UMA LONTRA LAVANDO A LOUÇA.

O QUE COMEÇA COM M?
MACACO MACAQUEANDO,
MARMOTA MAROTA,
MORCEGO MAMÍFERO.
É MOLE?

O QUE COMEÇA COM N?
NADA...
E O PEIXE NAMORADO NAMORANDO!
AH! E O NEON NADANDO...

O QUE COMEÇA COM A LETRA O?
ONÇA, ORANGOTANGO,
OURIÇO E... OITO OURICINHOS!

P

PACA COMEÇA COM P?
PEIXE-BOI E PREGUIÇA TAMBÉM!

26

O QUE COMEÇA COM Q?
QUATI SE QUEIXANDO DO QUEIXADA.

R

E COM A LETRA R?
A RAPOSA E O RINOCERONTE RINDO DO RABO DO RATO.

O QUE TEM COM A LETRA S?
O SAGUI SE SACUDINDO.

S

O QUE COMEÇA COM T?
TATU, TATUZINHO,
TAMANDUÁ,
TIGRE E TOURO EM TOURADA.

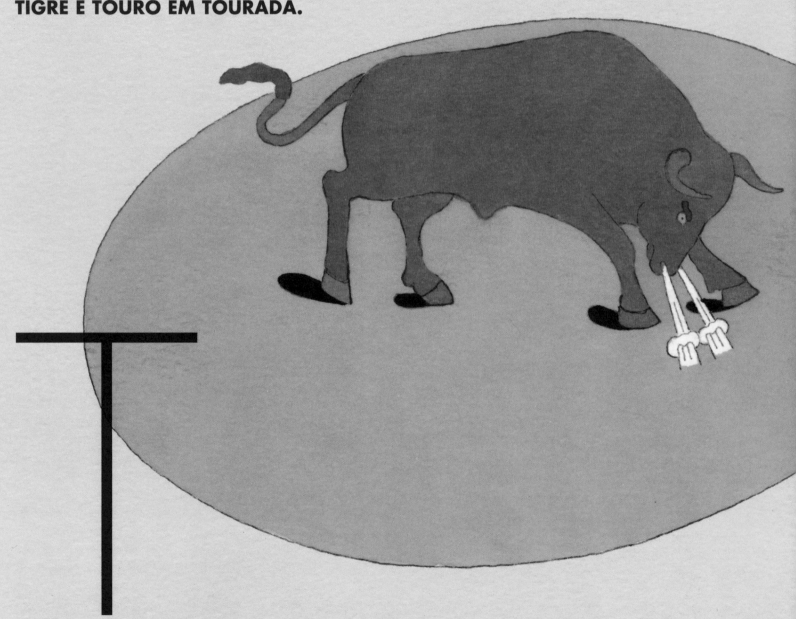

O QUE COMEÇA COM U?
URSO COM URTICÁRIA E URUBU.

E COM A LETRA V?
O VEADO PASSEANDO NO VERÃO.

COMEÇANDO COM W, QUEM A GENTE ENCONTRA?
O *WOMBAT*, DE OLHOS PEQUENOS,
PESCOÇO CURTINHO, ROLANDO NA GRAMA.

W

O QUE TEM QUE COMEÇA COM X?
O XIMANGO JOGANDO XADREZ.

NOSSA! QUEM SERÁ ESTE?
É UM BOIZÃO? UM BÚFALO? UM TOURO?
NÃO, É UM POUCO DE TUDO JUNTO...
ESTRELANDO: O YAK!

O QUE COMEÇA COM Z?
VIXE, NESTA PÁGINA DEU ZEBRA!

glossário

ARANHA-MARROM

COMO É? Aranha pequenina, de coloração castanha.

ONDE VIVE? Em vários países do mundo, em locais escuros, quentes e secos.

O QUE COME? Pequenos animais, como formigas, pulgas, traças e cupins.

COMO VIVE? Apresenta hábito noturno, isto é, sai em busca de alimento à noite e, nesse momento, pode se esconder em roupas e sapatos.

CURIOSIDADES: É a aranha brasileira com o veneno mais ativo.

BALEIA JUBARTE

COMO É? A baleia jubarte adulta pode medir até 16 m de comprimento.

ONDE VIVE? Em todos os oceanos do planeta.

O QUE COME? Principalmente *krill*, um camarão minúsculo.

COMO VIVE? Passa a maior parte do tempo embaixo da água.

CURIOSIDADES: Os machos da espécie cantam para chamar a atenção das fêmeas, mas esse som não pode ser captado pelas orelhas humanas.

CAMELO

COMO É? Apresenta duas corcovas, que são reservas de gordura.

ONDE VIVE? Nos campos e desertos da Arábia e Mongólia. Foi domesticado pelo ser humano há cerca de 4 mil anos.

O QUE COME? Plantas do deserto.

COMO VIVE? Camelos domesticados são mantidos em estado semisselvagem e formam grupos de cerca de 6 indivíduos.

CURIOSIDADES: Pode ficar sem água de 4 a 5 dias.

DÁLMATA

COMO É? O dálmata é uma das mais de 400 raças de cães. Tem pelagem branca com manchas pretas ou marrom.

ONDE VIVE? Nas mais diversas regiões do mundo.

O QUE COME? Pode se alimentar tanto de carne quanto de vegetais.

COMO VIVE? Vive por todo o mundo próximo ao ser humano.

CURIOSIDADES: Domesticado pelo ser humano há cerca de 30 mil anos.

ELEFANTE-AFRICANO

COMO É? O elefante-africano é o maior animal terrestre. Muito conhecido por sua tromba, que nada mais é do que a junção do nariz com o lábio superior.

ONDE VIVE? Na África, em savanas e estepes semidesérticas.

O QUE COME? O adulto pode comer 150 kg de plantas por dia.

COMO VIVE? Em clãs nos quais a fêmea mais velha assume a liderança.

CURIOSIDADES: Espécie vulnerável à extinção por causa de sua caça.

FUINHA

COMO É? Tem corpo alongado e coberto de pelos castanhos.

ONDE VIVE? Em grande parte da Europa e Ásia.

O QUE COME? Insetos, esquilos, coelhos, ratos, lagartos, aves, ovos e frutos.

COMO VIVE? Tem hábito noturno e solitário.

CURIOSIDADES: Não está ameaçada de extinção, mas é caçada por sua pele e muitas vezes perseguida por ser considerada uma praga.

GAMBÁ-DE-ORELHA-BRANCA

COMO É? Tem os pelos longos e grossos de cor preta com extremidades brancas. Não tem pelos na maior parte da cauda.

ONDE VIVE? Em várias regiões do Brasil.

O QUE COME? Raízes, frutas, caranguejos, sapos, lagartos, aves e serpentes.

COMO VIVE? Tem hábito noturno.

CURIOSIDADES: Animal imune ao veneno das serpentes.

HIPÓPOTOMO

COMO É? Mede cerca de 5,5 m de comprimento e 1,6 m de altura; pesa cerca de 4,5 toneladas.

ONDE VIVE? Na África, em savanas, próximo a rios e lagos.

O QUE COME? Plantas aquáticas e capim.

COMO VIVE? Espécie muito agressiva na defesa de seu território.

CURIOSIDADES: Seus dentes caninos podem atingir 80 cm de comprimento.

IRARA

COMO É? Tem o corpo comprido e pernas curtas.

ONDE VIVE? No México, na América Central e na América do Sul, incluindo o Brasil.

O QUE COME? Alimenta-se de frutas, pequenos animais, insetos e mel.

COMO VIVE? Tem hábito diurno e algumas vezes crepuscular, isto é, são ativas durante o amanhecer e/ou ao anoitecer.

CURIOSIDADES: Suas populações são ameaçadas por causa de conflitos com avicultores, apicultores e agricultores em razão de se alimentarem de ovos, mel e frutas.

JUPARÁ

COMO É? Pode medir de 42 a 76 cm de comprimento e pesar 3 kg.

ONDE VIVE? No México, na América Central e na América do Sul.

O QUE COME? Ovos, néctar, mel, frutas, insetos e pequenos animais.

COMO VIVE? Nas árvores, na maior parte do tempo, sozinho.

CURIOSIDADES: Tem língua comprida (cerca de 13 cm), o que facilita comer o néctar das flores e mel.

KIWI

COMO É? Ave do tamanho aproximado de uma galinha. Tem o bico longo e fino e pés com garras fortes. As asas são atrofiadas.

ONDE VIVE? Em florestas da Nova Zelândia.

O QUE COME? Vermes, insetos, pequenos sapos e rãs, e frutas.

COMO VIVE? Tem hábito noturno e solitário.

CURIOSIDADES: É o símbolo nacional da Nova Zelândia. Seu nome em português é **quiuí** ou **quivi**.

LHAMA

COMO É? Tem cerca de 1,20 m de altura até o ombro. Pode pesar até 155 kg.

ONDE VIVE? Na Cordilheira dos Andes, no Equador, no Peru e na Bolívia.

O QUE COME? Folhas, raízes, sementes, grãos, ervas e gramíneas.

COMO VIVE? Em rebanhos com um macho e várias fêmeas.

CURIOSIDADES: Domesticada pelo ser humano, criada para fornecimento de lã e utilizada para transporte de cargas. É adaptada a viver em lugares de alta altitude e baixa temperatura.

MORCEGO

COMO É? Único mamífero (animal que se alimenta do leite da mãe, ao nascer) que é capaz de voar.

ONDE VIVE? Em quase todos os lugares, exceto em regiões polares e desertos.

O QUE COME? Somente 3 espécies alimentam-se de sangue.

COMO VIVE? De hábitos noturnos, durante o dia descansa em grandes grupos.

CURIOSIDADES: O morcego emite sons muito agudos que, ao encontrar um obstáculo, retornam como eco, e permitem que ele saiba a distância do objeto. Esse recurso é chamado de ecolocalização.

NEON

COMO É? Peixe pequeno. No ambiente natural chega a 2,5 cm de comprimento.

ONDE VIVE? Em rios do Brasil, da Colômbia e da Venezuela.

O QUE COME? Ovos de outros peixes, algas e detritos.

COMO VIVE? Em cardumes. Prefere águas com movimento lento.

CURIOSIDADES: Muito procurado para criar em aquários. Por esse motivo atualmente é bastante raro no ambiente natural.

ONÇA-PINTADA

COMO É? O maior felino das Américas. A coloração típica da pelagem é amarelada com manchas pretas em forma de roseta.

ONDE VIVE? Em florestas brasileiras, da Amazônia até o sul do país.

O QUE COME? Queixadas, antas, veados, jacarés, capivaras, peixes e aves.

COMO VIVE? Tem hábitos mais ativos ao anoitecer e ao amanhecer. É solitária.

CURIOSIDADES: Está na lista dos animais mais ameaçados de extinção do Brasil.

PEIXE-BOI-DA-AMAZÔNIA

COMO É? O corpo mede de 2,8 a 3 m de comprimento e pesa cerca de 450 kg.

ONDE VIVE? Na bacia do Rio Amazonas.

O QUE COME? Plantas aquáticas e capim à margem dos rios.

COMO VIVE? Em grupos de 4 a 8 indivíduos. De hábito tanto diurno quanto noturno, vive quase totalmente embaixo da água, só com as narinas na superfície.

CURIOSIDADES: Consegue ficar até 20 minutos embaixo da água sem respirar.

QUATI

COMO É? O adulto mede cerca de 41 a 67 cm de comprimento; sua cauda pode medir de 32 a 69 cm; pesa entre 3 e 6 kg.

ONDE VIVE? Na América do Sul.

O QUE COME? Frutas, ovos, besouros, escorpiões, centopeias e aranhas.

COMO VIVE? As fêmeas vivem em grupos de até 30 indivíduos; os machos são solitários.

CURIOSIDADES: O risco de extinção é considerado pouco preocupante.

RINOCERONTE-BRANCO

COMO É? Pode medir cerca de 4 m de comprimento e 2 m de altura, e seu chifre pode atingir 1,5 m de comprimento; pesa cerca de 3,5 toneladas.

ONDE VIVE? Em planícies, pântanos e florestas do sul da África.

O QUE COME? Alimenta-se de plantas, ervas, folhas e raízes durante a noite.

COMO VIVE? Os machos dominantes são solitários e as fêmeas estão geralmente acompanhadas pelas suas crias mais recentes.

CURIOSIDADES: Rinocerontes costumam mergulhar na lama para se refrescarem.

SAGUI-DE-TUFOS-BRANCOS

COMO É? Animal pequenino, de pelagem estriada com uma mancha branca na testa e tufos brancos nas orelhas. A cauda é maior que o corpo.

ONDE VIVE? No Nordeste do Brasil.

O QUE COME? Insetos, flores, frutos e ovos de pássaros.

COMO VIVE? De hábito diurno, geralmente vive em grupos de até 15 animais.

CURIOSIDADES: O desmatamento é uma das ameaças a suas populações.

TATU-CANASTRA

COMO É? O tatu-canastra é a maior espécie de tatu. Tem garras enormes, que o auxiliam a escavar buracos, e uma carapaça coberta de escamas ósseas.

ONDE VIVE? Na maior parte da América do Sul.

O QUE COME? Cupins, formigas, vermes e outros pequenos animais.

COMO VIVE? De hábito basicamente noturno, vive em pequenos bandos.

CURIOSIDADES: Considerado vulnerável à extinção por causa da caça pela sua carne e da diminuição de seu ambiente.

URSO-PARDO

COMO É? Mede cerca de 1,5 a 2,8 m de comprimento e de 1 a 1,5 m de altura, e pesa de 80 a 600 kg.

ONDE VIVE? Na América do Norte, na Europa, na Ásia, no Oriente Médio e no norte da África.

O QUE COME? Peixes, insetos, folhas, raízes, tubérculos, sementes e frutas.

COMO VIVE? Animal solitário e territorial, em épocas de muito alimento pode se reunir em grupo de vários animais de forma relativamente pacífica.

CURIOSIDADES: Pequenas populações isoladas estão ameaçadas de extinção por causa da proximidade de grupos humanos.

VEADO-CATINGUEIRO

COMO É? Veado mais abundante do Brasil. O corpo pode medir até 1,2 m de comprimento, incluindo a pequena cauda, e de 95 cm a 1,2 m de altura.

ONDE VIVE? Em campos e florestas do sul do México até o Paraguai.

O QUE COME? Capim, folhas, brotos, raízes, sementes, grãos e frutas.

COMO VIVE? Geralmente é solitário. Alimenta-se durante a noite.

CURIOSIDADES: Não é um animal ameaçado de extinção por estar presente em várias áreas protegidas.

WOMBAT

COMO É? Tem corpo largo e rabo curto e grosso, olhos e orelhas pequenas, membros curtos e garras resistentes.

ONDE VIVE? Na Austrália.

O QUE COME? Folhas, raízes e cascas.

COMO VIVE? Tem hábito noturno e crepuscular. Vive solitário.

CURIOSIDADES: Já foi caçado pela sua pele. Atualmente a caça dele é ilegal. Vive em áreas protegidas. Seu nome em português é **vombate**.

XIMANGO

COMO É? Ave de rapina, semelhante aos falcões, águias e gaviões.

ONDE VIVE? No sul do Brasil, no norte do Chile, no sul da Argentina, no Paraguai e no Uruguai.

O QUE COME? Pequenos animais, ovos e filhotes de outras aves, ovos de tartarugas, sementes e frutas e também carcaças de outros animais.

COMO VIVE? Solitário ou em pares.

CURIOSIDADES: Os casais constroem ninhos com materiais encontrados nos arredores ou ocupam ninhos feitos por outras aves.

YAK

COMO É? O macho selvagem pode atingir 3,2 m de comprimento e mais de 2 m de altura; pesa em média 1 tonelada. Tem pelo longo, o que o protege do frio intenso.

ONDE VIVE? Na região do Himalaia, no Tibete e na Mongólia.

O QUE COME? Principalmente gramíneas e folhas.

COMO VIVE? O *yak* selvagem vive em bandos de 20 a 200 indivíduos.

CURIOSIDADES: *Yaks* domesticados são utilizados como animais de carga. Também são criados para extração da pele para fabricação de roupas (pele dos mais jovens) ou cobertores e tendas (pele dos adultos). O leite é utilizado na fabricação de manteiga e queijo. Seu nome em português é **iaque**.

ZEBRA-DE-GREVY

COMO É? É a maior das zebras conhecidas. Apresenta um padrão típico de pelagem branca com riscas negras. Mede cerca de 3 m de comprimento.

ONDE VIVE? Na África, em savanas do Quênia, da Etiópia e Somália.

O QUE COME? Alimenta-se de gramíneas e plantas.

COMO VIVE? Em manadas. De hábitos diurnos, pasta durante muitas horas por dia.

CURIOSIDADES: Está em perigo de extinção. A população estimada na natureza é inferior a 2 447 indivíduos.

CRÉDITOS DAS IMAGENS

TELMA GUIMARÃES

Meu nome é Telma Guimarães. Quando pequena, morava em Marília, no estado de São Paulo, e não tinha bichos de estimação. Mas tinha livros de animais.

Explico: meu pai, professor de Ciências, mantinha em casa uma bela biblioteca, com inúmeros livros. Eu passava horas folheando e admirando cada um deles, imaginando que um dia poderia ter algum animal em minha vida.

Quando mudei para Campinas, onde moro até hoje, meu pai, sabendo da minha paixão pelos livros, me presenteou com todos eles. Eu os considero um tesouro e releio cada um como se fosse a primeira vez.

Acho que foi assim que o *Bichodário* nasceu... Da releitura desses livros com tantas histórias sobre os animais, dos momentos mágicos que eles me trazem a cada folhear de páginas.

MARCELO CIPIS

Nasci em São Paulo em 1959. Sempre gostei de desenhar. Comecei a ter contato com arte por meio de livros e museus. Quando eu tinha 8 anos, minha mãe me levou para a Bienal de São Paulo, que me impressionou muito.

O amor pelo desenho fez com que ele se tornasse a minha profissão. Hoje em dia também faço pinturas grandes. Mostro meu trabalho em exposições, livros, revistas e jornais.

Uma influência que me marcou muito foram os desenhos animados de Max Fleischer. Ele criou, entre outras, a personagem Betty Boop. Suas animações são divertidas e muitas vezes esquisitas, absurdas. E é nesse espírito que o meu trabalho é criado. Busco o humor e tiradas inesperadas.

Neste livro as figuras foram pintadas à mão e os fundos são digitais.

Impresso no Parque Gráfico da Editora FTD
Avenida Antonio Bardella, 300
Fone: (0-XX-11) 3545-8600 e Fax: (0-XX-11) 2412-5375
07220-020 GUARULHOS (SP)

São Paulo - 2023